KB168704

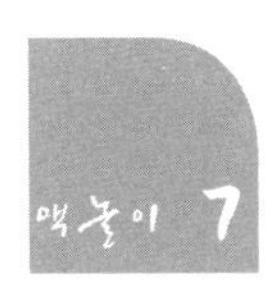

그날 봄날 사연 없는 날

소리로 읽는 책

이 책에는 글을 읽을 수 없는 분들을 위한
점자 · 음성변환용코드가 양면페이지 우측 하단에 있습니다
별도의 시각장애인용 리더기 혹은 스마트폰 보이스아이 어플을 사용하여
즐거운 시 감상이 되기를 바랍니다
voiceye.com

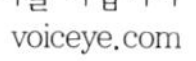

맥놀이 7

그날 봄날 사연 없는 날

2024년
맥놀이
제7집

맥놀이창작동인회

■여는글■

봄을 팔아요

계절이 돌고 돌아 다시 봄이 왔습니다. 겨울 살얼음 밑으로 봄기운이 올라옵니다. 코로나 이후, 중단되었던 시 활동과 맥놀이창작동인회가 기나긴 겨울을 뚫고 다시 일어났습니다.

봄기운을 머금은 아이들이 운동장을 달립니다. 땅이 무섭지 않았던 이유는 늘 발이 함께했기 때문입니다.

땅에서 올라오는 채소와 땅에서 솟아오른 산을 보며 하늘을 우러러봅니다. 땅은 변하지 않았지만 시시각각 변하는 구름을 보며 이번 동인에 내는 시는 유독 여러 차례 손이 가고 변형을 주었습니다. 예전에는 그러지 않았는데 이상도 하죠.

마음에 드는 구름이 만들어지면 하늘 구름은 변화를 멈출까? 생각해 보았습니다. 맥놀이 창작 동인회 제1집부터 제7집이 나올 때까지 맥놀이의 시와 표지는 늘 새롭게 단장 되었습니다. 이제 좀 더 자세히 보고 주위를 돌아볼 여유가 생긴 듯합니다.

시가 인쇄되어 동인지가 손에 잡힐 때쯤이면 봄은 완연하겠지요. 시와 봄을 팔아요. 우리는 당신을 봄.

2024. 3. 1.

맥놀이창작동인회 회장 김 재 현

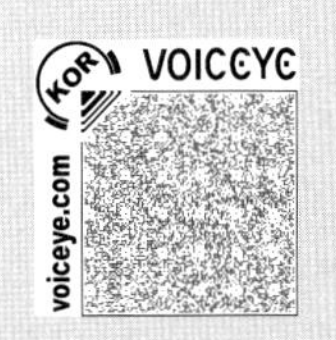

차례

◆ 김 재 현

◆ 최 민 수

◆ 송 재 경

◆ 이 숙

◆ 전 용 숙

◆ 송 을 미

◆ 송 동 현

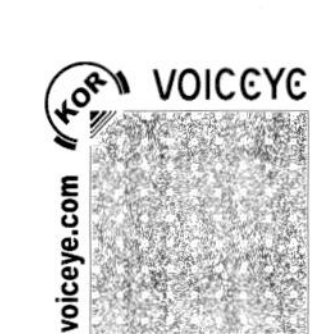

맥놀이

김재현

월간 《스토리문학》 동화 부문 등단

월간 《문학세계》 시 부문 등단

맥놀이창작동인 회장

사랑방시낭송회 회원

눈물이 더 울지 못하는

그런 날 없기를 바라는 마음입니다

바흐 무반주 첼로 5번 C단조 BWV 1011 중 프렐류드 외 9편

김 재 현

살
점
말 걸어왔다
처음부터 거칠게

피칠한 첼로
빡 긁어
빈속 찢어 운다
피 쏟아져 내리는
소리 소나기

흰 활 검은 댕기
사방에서 비명 폭발
거칠게 정점 멱살 잡고 정점
줄감개부터 엔드핀까지
관에서 바흐 바흐 흐느낀 거야

흰 종이 검은 유언
영혼 갈아 만든 인체 해부도
고막 내장 뜯길 때

귀에 입 달고 비명으로 운 거야
몸부림치고 서로 울면서 몰랐지

현 끌 때 오장육부 쏟아지고
비워지고 비어
남은 뼈
첼
로
로
남
아

입술 꽃 커피 빗방울

B

내리는 비
입술 닿는 순간
미소 꽃으로 피고
커피 한 잔 흐르지
우산 없이 내리는 비
커피 향 피어오르는
너를 위한 노래
우리 이야기

입술, 꽃, 커피,
잎 춤추며 노래하는
빗방울의 날 흐르기를
흐린 하늘 먹지 먹구름
빗물 떨궈 커피 되는
향기 진한 찻잔 속
오직 너와 나만의
찻잔 속

비

꽃길 걷고 싶어 신에 꽃 그렸습니다

남들 보면 놀릴까 신발에
같은 색 꽃 그렸습니다
자세히 보면 나만 알 수 있는 꽃
조용히 꽃길을 걷습니다
걷다 보니 기분이 좋아집니다
그리곤 눈물이 납니다
산다는 건 꽃길만 걷는 것이 아님을
잘 알기 때문입니다
웃음이 더 웃을 수 없는
눈물이 더 울지 못하는
그런 날 없기를 바라는 마음입니다
걷고 걸어 밑창이 계속 갈리고
신발은 점점 나이 들어가지만
미소는 멈추지 않습니다
가는 곳 어디든 꽃길이기 때문입니다

주름

화초 자라
분갈이 해줘야 하는데
돌봄 속 집중 치료받는
엄마는 오히려 작아지고
온몸 주름 늘고
고개 들기도 힘든 생

어머님, 소원이 뭐예요?
담당 의사에게 아들 고생한다고
자식에게조차 하지 않은 고해 한다
병원에 오려면 자신을 업고
5층 계단 오르내리는 아들 힘들까
이사하는 게 소망

그 마음 요양사 통해 다시 들으니
멍하니 침 좀 그만 흘리라고
죽 삼킬 때 위험하니 졸지 말라고
힘들고 피곤하다며 짜증 냈는데
어느 순간부터 마음 무거워지고
엄마 마음 주름 가득했다는 걸

아들 소망은

주름진 엄마 피부에 로션 바르며

마음 주름 펴 드리고 싶어요

말 못 하고 손만 움직인다

세상에 하나밖에 없는

엄마 죄송해요

비는 우산을 쓰지 않는다

먹지 하늘 세차게 떨어지고
너 나 할 것 없이 펼친 우산
멍하니 바라보다 떠오른 생각
자유로운 두 손 비와 함께 걸을 때
모든 날 비 내려도
물고기처럼 행복해지기를
밥 내리는 하늘 바라보는 잎 즐겁기를
비 올 적마다 고개 들어 빗물 맛보면
내리는 비의 맛 구분할 수 있을까
비가 위로가 되지 않아도
비를 걷고 또 걷다가
그냥 걷고 그냥 젖어도 괜찮아
끝에서 끝에 닿은 비
동그라미 물결 한없이 피워
모인 자리마다 물거울
나를 들여다보게 해주네
젖은 눈동자 물 되고
바람과 폭우 파고드는데
우산 없이 내리더라도
피하지 않는 나무처럼

나 비 곁에 있을래

두 팔 자유롭게 펼치면

빗물 어깨 팔 다독여주는

.

.

.

빗물 우산 위 걷지 않아도 되는 날

회상배달

개발에서 뒤처진 도심 외곽에서 짜장면 한 그릇 배달 주문이 왔다.

사장님은 깜짝 놀라고 주방장은 서둘러 짜장면을 포장한다. 사장은 철가방을 내밀었다. "주소가 마음에 걸리네." 흔들리는 눈빛 뒤로하고 오토바이를 몬다. 도로를 벗어나 흙길에 들어서자 탁 트인 시야 평평한 대지 한 동만 있는 낡은 아파트 입구 안으로 들어가 오른쪽에 오토바이를 세웠다. 푸른 하늘 구름 몇 떠 있는 한가한 오후. 철가방 들고 일어설 때 옆에 나란히 서 있는 오토바이들 눈에 들어왔다. 하나같이 먼지 두껍게 뒤집어썼고 오랜 기간 방치된 느낌. 오토바이마다 큼지막이 쓰여 있는 홍콩반점, 북경반점, 만리장성, 경회루, 보신각, 동회루, 오랜 기간 비바람과 먼지 쌓여 읽을 수 없는 몇몇 중국집 이름들. 배달은 왔지만 돌아가지 않은 흔적들…. 뭔가 이상하다. 짜장면은 신속 배달이 필수, 서둘러 엘리베이터 단추를 누른다. 문이 열리고 꼭대기 9층을 누른다. 면이 불으면 안 된다. 902호 벨을 신속하게 누른다. 지지직거리는 스피커에서 나오는 "누구세요." "짜장면 배달 왔습니다." "문 열고 들어와 가져다주시겠어요." "네, 그러시죠." 현관문을 열고 들어섰다. 입구부터 무성하게 펼쳐진 갈대들 놀라 고개 들어보니 끝이 보이지 않는 들판, 언덕, 그리고 숲과 산. 저 어딘가 돌아오지 못한 오토바이 주인들 배달통 들고 있겠지. 지금부터 달려야 하는데 두렵다. 돌아오지 않은 자 하염없이 기다리며 먼지 뒤집어쓴 오토바이들을 봤기 때문이다.

씻었어요?

안부 전화한 내게 다짜고짜 씻었냐 묻는다
씻었냐고요
재차 물으니 머릿속이 하얘진다
씨 썼냐고요
아~ 시 썼냐고 물으신 거군요
여류화가는 과로로 혀가 굳어 미안하다 한다
AI를 에라~이로 발음한다고
남편에게 잔소리 들었다 하소연이다

후배가 했던 말 떠오른다
일요일 아침 부인이 여보 박근혜
박근혜가 왜?
발끈하더니 다시금 박근해!
갑자기 무슨 소리야 한마디씩 또박또박 말해
했더니 바, 끈, 해,
이게 뭔 소리지 갑자기 대통령은 왜?

부인이 밥솥을 가리켜서야 밥, 꺼, 내, 인 걸 알았다

동생은 잠꼬대로 개의 날이 뭐냐고 물었더니
남편은 개날이면 꽃이잖아 했다는데
우리는 누가 뭐라 해도 듣고 싶은 말만 듣나 보다
노란 개나리꽃 만발한 남산 산책로가 불현듯 그립다

엄마의 사랑

엄마, 오늘 저녁 안 먹어도 될 거 같아
…… 왜?
엄마 방귀에 배불러요

혼자서 일어나 앉지도 못하는
엄마 일으켜 안고 화장실 갈 때마다
뒤에서 허리 잡고 꼼짝 못 하는 내게
배고프지 말라고 방귀 뀐다

생리현상에 미안했던 엄마
아들 농담에 웃었다

엄마는 떠먹이느라 식사 못 한
아들 굶을까 오늘도
주름진 입술 올리며 피식
엄마는 방귀를 크게 먹인다

벽을 읽다

사람들의 활기찬 얼굴 내가 읽어내는 건 무엇이든 나도 누군가에게 읽히죠 거리에서는 내가 문장 한 줄이 되고 주위가 한 장이 되고 동네가 책 한 권이 돼요 장마다 이야기가 살아 각자의 줄거리대로 펄떡이고 있어요 나는 벽의 얼굴로 살아있죠

어디서나 양쪽으로 늘어선 벽을 읽어요 수없이 읽어 왔지만 젖은 날도 흐린 날도 밝은 날도 있듯 먹구름 몰려오면 발밑에서 가끔 눈물이 흘러요 문장 끝나는 자리는 네모난 과녁이고 이름을 꽂아둔 편지함에서 글이 마무리되죠 펼쳐졌던 벽들이 차곡차곡 눈에 밟히면 책을 덮어요

에필로그

하루 끝자락 발바닥은 어제의 자취를 따라요 등짐을 지고 안경 쓴 남자 곁을 지날 때 당신이 떠올라요 차 한 면이 지나가고 자전거 한 줄이 지나며 그 지문으로 한 문장이 더 읽혀요 잘 지내나요 벽이 숨을 쉬어요 벽이 웃어요 날마다 일어나 벽에서 나오는 나는 살아있죠

할머니의 교회

"할머니 자꾸 10원짜리 동전
넣으시면 어떡해요
마을버스도 제값 주고 타야죠"
"미안혀 이것밖에 없어"
"아이, 참! 그러시면 타고 다니지 말아야죠"
"한두 번도 아니고 저번에도 그러지 말라고 했잖아요
자꾸 이러시면 승차 거부할 거예요"

주일 아침 할머니는
10원 동전 여러 개를
버스 입금 통에 헌금하듯 넣고
기사의 핀잔 들으며 교회에 간다
세 정거장째 할머니는
도망치듯 마을버스에서 내린다
주일마다 타는 할머니의 가시밭길
교회 목사님은 아실까?

한주 흘러서 오늘 만난 할머니
구부정한 허리 팔 겨우 들이밀고
동전 몇 개 와르르 넣을 때
기사님은 왼쪽 창밖 바라본다
너그러운 분 만나서 정말 다행
주일마다 할머니는 재산을 쏟는데
내 가슴은 그때마다 조마조마
할머님, 꼭 천국 가세요

맥놀이

최민수

1995년 《르네상스》지로 작품활동 시작
월간 《문학세계》 시 부문 등단
맥놀이창작동인회 회원
방송통신대학교 국어국문학과 재학 중

그 오선지 위에 그려 넣은 오늘
음표처럼 소리를 그려내며

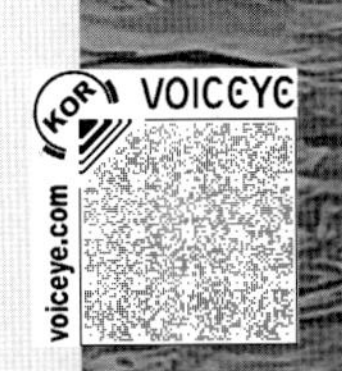

영정사진·2 외 9편

- 예쁘게 찍어주세요

무엇을
예쁘게 찍어달라고 하시는지
오늘보다 젊은 어제
찍어달라고 하시는지
검게 타들어 가는 시간
무엇으로 설명해야 하는지
일생을 잊고 살았던 청춘
두 글자 잃어버리고
그저 아내 엄마 할머니로 사라지는
자신 찍어달라고 하시는지

나는 눈앞에 길 못 보고
가슴으로 울었다

영정사진·3

- 남겨지는 것은

인화지 위로
인생 한 장 담는다
사진은 웃으면서 찍거나
근엄하고 위엄있게 찍어야
사진 같은데
망자 되어 기록할 사진 한 장
어떤 표정으로 찍어야 하는지
나는 알 수도 알지도 못한다

어머니
당신께서 남기시는 것은
사진이 아니라
이 아들의 눈물입니다

괜찮아 아들
이렇게 남겨지는 게 부모야
이렇게 기억되는 게 부모야

게으름자리

태양이 망설이는 하루
유효기간 지난 우유처럼
시큼 탈탈해지는 날들
인생 다섯 줄 음계
그 오선지 위에 그려 넣은 오늘
음표처럼 소리를 그려내며
남겨지는 이름은 무엇인가
여름 뜨거운 오선지 위에
나도 모르게 소리로 그려 넣은
첫 번째 음표

절차기억

축적되지 못하는 기억
날아간 어제의 생각
아침이 되면 여명처럼 사라지는 추억
잊혀지는 게 두려운 기억조차 없다
사랑하지 못했고
사랑을 떠나보냈는지도
괴로운지도
잊기 힘든지도
몰랐다

신발 속 낡아버린 이야기

길게 늘어진 양말
어느 계절 사는지
한겨울에도 목 짧고
세월의 무게 견디지 못해
발가락 튀어나와
하늘 보고 누워도
버리지 못하는 삶
한 번 더 신고 버리지

冬詩

창밖으로 내리는 눈
받아 적지도 못했는데
매서운 바람
지우개처럼 쓸고 지나갔다
아무것도 생각나지 않는
내 겨울 시

목련달

새벽길 걷는 삶
나뭇가지 위로
순백의 달 떴다
새살 돋고
피가 살아 숨 쉬는
나뭇가지 위에서
그렇게 피어난 달
하늘 같은 피부는 맑고
구름 같은 입술이 하는 말
어찌나 고운지
지나는 삶 하나
빛 뿌려주는

넌 오늘 내 첫 희망

미용실에서

이별
그 기억을 잘라주세요
그녀의 손길
매만지는 옆 머리
아주 짧게 잘라주세요
하루하루 기억
돋아난 머리카락
그 기억을 잘라주세요
마음 자르고
번호도 잘랐는데
가끔 찾아오는 기억만큼은
자를 수 없네요
기억도 가위로
자를 수 있으면 좋겠습니다
어느 한 사람에 대한 기억
한 번에 자를 수 있도록
더 이상 이렇게
잠 못 드는 새벽 찾아오지 않도록
사랑 그 사랑을 잘라주세요

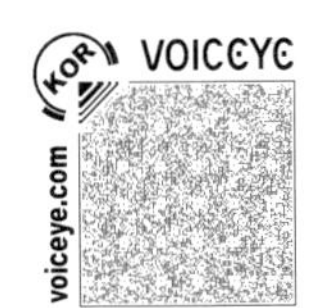

그 약속 멈추지 않으리

거센 바람에 흔들려도
부러지지 않는 나무처럼
거친 파도에
흩어지지 않는 금빛 모래처럼
손가락 잘라 피로 쓴
대한민국 그 이름처럼
총탄 박힌 가슴 속보다
뜨거웠던 의지처럼
변하지 않는 이름처럼
부서지지 않았던 맹세처럼
그날 그 순간 그 마음은
멈추지 않으리
함께했던 그 약속
멈추지 않으리

가을은 그대이다

보고 있으면 더욱
보고 싶어지는 것
꿈꾸는 초원 위에
햇살로 흔들리는
황금의 빛들
여름은
가을을 만들기 위한
소품이었나
뜨겁게 달구고
하얗게 말리고
그 끝
두 글자로
남겨지는 가을
나의 가을은
그대이다

맥놀이

송재경

맥놀이창작동인회 회원
《다시올문학》 신인상

목화꽃 비벼 실패에 감는 묵은 손
흐린 돋보기 너머 반색하는 눈주름

화장실에서 마주친 엄마 외 9편

송 재 경

무심코 들어선 화장실
돌아가신 엄마 모습에 화들짝
안방 놔두고 왜 화장실
어안 벙벙한 거울 속 분신
헛웃음과 눈물로 건넨 허전함
나이 들며 뚜렷해지는 모친 유전자

노인복지관

빤짝이 꿈 그윽한 금강홀

경쾌한 음에 엇지는 몸짓들
머리부터 온몸 주렁주렁 스팽글
과한 빤짝이만큼 간절한 소망이었지

조명 대신 화려한 빤짝이 무대복으로
스스로의 빛 발하는 몇몇 왕언니
대견한 꿈 이룬 늘그막 행운

꿈 주우러 오는 노인복지관

혼수상태

자제력 잃은 인간
성난 지구
널뛰는 기후

놓친 가속력
세계는 극단 난무

여인

고운 자태
그리도 모진 처절함으로
님 모르는 멍울
달밤에 너울너울
지는구려

목련

사무치게 허기져요

널브러진 시
감미료 범벅은 안 당겨요
맛 돋워줄 시 없나요

어찌 채우려나
깊이도 가늠할 수 없는
빈 독

북한산 야행

오월 북한산 가로등 밑
스치는 들개려니
아뿔싸 큰 덩치의 멧돼지
피할 곳 없는 외길
서로의 탐색전
슬몃슬몃 뒷걸음질

느닷없는 돌진에
겁에 질려 굳은 몸
서너 발자국 앞
산 쪽으로 뛰어오르는 녀석
아 거기 샛길 있었지
산속 나의 단골 오솔길

정신 가다듬다 보인
엄마 놓친 멧돼지 다섯 마리
가로막힌 높은 철책
줄지어 이리 쫄쫄 저리 쫄쫄
용감한 다섯 마리 먼 밤길
엄마 있는 산길로 찾아드네

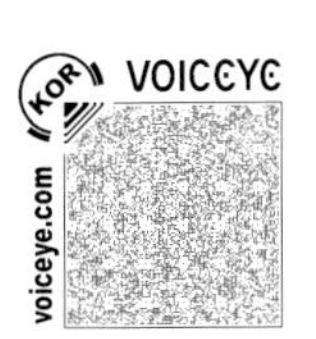

질경이

발에 짓밟히면 밟힐수록
납작 엎드려 지경 넓혀
숨겨진 하얀 심줄에 배었나
유관속 다발에 품었나
질기디질긴 생명력
질경이 먹으면 채워지려나
이 오월에 희미해지는 민족정신

시마당

희뿌연 수렁에 웅크린
허우적거리는 빈약한 손
삭정이에 달린 마른 잎
대 빗자루로 쓸어내립니다
우연처럼 만난 시와 까막잡기
사람멀미 담담히 가라앉힙니다

노령 장터

검버섯 핀 소꿉동무 이 빠진 함박웃음
뭉클뭉클 옛정 피어나는 장터어름
시골 장터 목화꽃 할머니

백발에 끝댕기 꼬아 얹은 옛스러움
소박한 웃음기 푸근한 풍채
목화꽃 비벼 실패에 감는 묵은 손
흐린 돋보기 너머 반색하는 눈주름

가을 햇살 한가한 시장 귀퉁이
할머니들 올망졸망 좌판
연륜 한 움큼 정겨움은 덤
나그네 기다리는 시골 장터

빙화

휘어진 졸가리
노수의 몸으로 피워낸 극치
겨울 상고대 빙화

나목처럼 드러날 그날
인생 결정체 어떤 모습일꼬

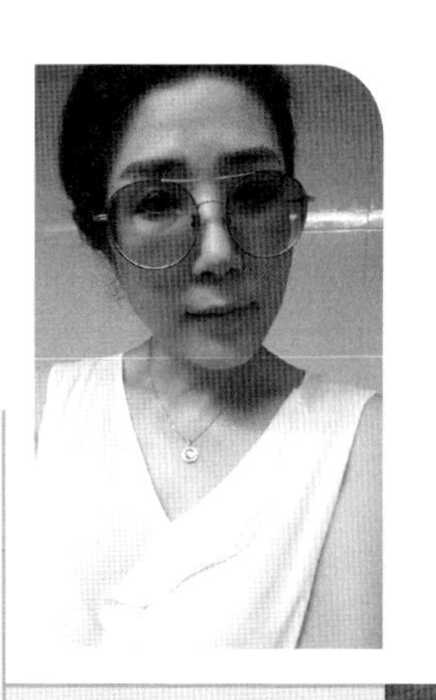

맥놀이

이 숙

덕성여자대학교 및 동대학원 동양화화 졸업
개인전 11회, 부스전 13회 단체전 100여 회
해외전 뉴욕 스위스 파리 일본 중국 싱가폴
신흥대학강사 역임
한국미협, 아트포럼인터내셔널 회원
맥놀이창작동인회 회원

스스로를 마주하는 시간
그림으로 완성이 되었다

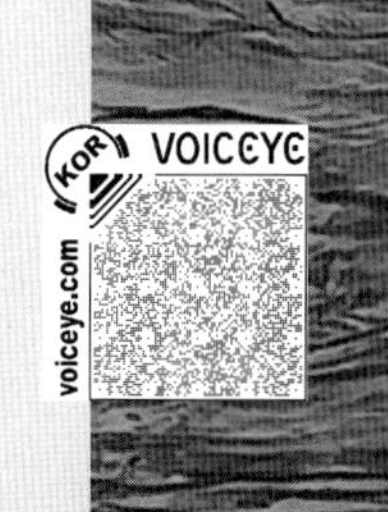

산다는 건 외 9편

이 숙

마음이 출렁일 때
앞이 보이지 않는 날
어떻게 살아야 할지

일을 찾아
있는 힘 다해
온몸 흔들어
춤춰 보는 거야

그러다 보면
재미있는 일 있기 마련이지
사랑이든 일이든
쉬운 일 없어

영혼의 소리 귀 기울여봐
하늘에 떠 있는 구름도
너를 사랑하고 있어

잊지 마!
산다는 건
너와 나 의미 있는
풍경이 된다는 것

그림으로 완성이 되었다

초등학교 선생님 날갯짓 같은 칭찬
그림을 그리기 시작했다
내 말을 하는 나의 그림은 50년

나를 완성해 가며
그릴 때 늙지 않았고
유연했으며 자유로웠다

생각을 색으로 칠해가며
영혼의 울타리에서 벗어나
스스로를 마주하는 시간
그림으로 완성이 되었다

꿈 정하고 태어난 사람 없다
모든 길에는 때가 있고
그림이 말할 때
붓에게도 말을 건다

The one thing

영혼에 물든 자유를 찾아
크고 작은 캠퍼스 시름 소리

화면에 칠해진 감정의 울음소리
커졌다 작아지는 점, 선, 면

선(線)

웃음으로 그었다

상처의 점 잇다 말고
우두커니 숨 삼킨다
반복으로 긋는 행위
작품은 팔리지 않고
쌓여만 간다

사각거리는 마음
선을 긋는 연필
머뭇거림 없는 자유
영혼의 조각 이어간다
내 안에 불어오는 바람
갈증이 사라지질 않아
깊은 호흡으로 뿜고
멈출 줄 모르는 선
오늘도 선 긋는다

점 선 면

어느 날부터

불편한 손님처럼 찾아온
가누지 못해 애쓰던 그 마음

크고 작은 고통의 생을 모아
그려 놓은 삶 점 선 면

새에게

몇 번의 이사
잠시 머물다 갈 곳이지만
벽에 그림을 걸어보니
퍼드덕거리는 새가 보입니다

봄이 와도 봄인 줄 몰랐고
꽃이 피어도 꽃을 볼 여유가 없었고
이곳에 이사를 하고 나서야
봄의 소리가 들립니다

가슴이 찌르르 저민
추억 한바탕 먼지 털어 내고
의자 하나 모퉁이에
숨 쉴 공간으로 두었습니다

견디어 낸 아픔
가슴으로 뜨겁게 어루만지고
꿈을 놓지 않고 살아온 시간
이제야 웃어봅니다

욕심을 뒤로하고

쉼 없이

쉼 없이

삶과 악수를 합니다

여고 졸업반

카페를 향해 가는 길
나는 바다가 좋다
운전하는 친구와 속닥거려
친구들을 납치해
도착한 주문진어시장

바다는 보아도 보아도 참 좋다
회 먹고 함께 걷는 모래사장
그 자리에 추억을 찍었다

수평선 넘어 즐거운 이야기 보따리
풀어도 밤은 끝나지 않았다

감성이 출렁거려
오늘은 바다도 우리 이야기
듣느라 파도가 일지 않았다

자신의 집을 아낌없이
내어준 교수님 친구
2박 3일 길어진 만남

그 순간이 영화 장면
시간이 멈추었다

자주 오라는 벗 있어
참 좋다

그리운 그 꽃

봄 오면 항상 그 자리에 꽃 피었다
꽃 보면 이유 없이 한바탕 웃을 수 있었고
바람이 불면 흔들흔들 춤을 추었다

비가 오면 마음의 우산을 펼쳐
사랑이란 이름으로
어머니란 꽃으로
불평 없이 그 자리에서 행복을 주었다
어두운 터널에서는 빛으로
지쳐 몸 가누지 못할 때는
따스한 가슴으로 안아 주었다

올해도 봄이 오면
그 자리에 피었을 그 꽃
이제는 먼지가 되어 바람 소리만 윙윙
미쳐 하지 못 한 말 가슴에 두고 떠난
마지막 이별의 그 꽃 엄마

마음 고백

파도 소리 몇 번 듣고 나면
아름다운 이별을 생각하지
너와 나
이별의 시간 마주하면
턱 막혀 버린 말 문
사랑이 그런 거야!
그때 인생을 알게 되지
물 위를 걷는 발자국
물 위를 걸어 보이질 않아
있는 그대로의 모습
꽃으로 피었다

사막

산맥으로 이어가는
끝없는 불모의 벌판
설렘으로 마주한 자리
상처가 지워지지 않았다

미움에 대한 연민일까
채워지지 않은 욕망일까
상처에 남루해진 가슴일까

곱고 고운 모래알 능선
사각거리는 자유로움
하늘에 꿈 조각 펼쳐 보았다

살아내느라 지친 마음
상처로 어그러진 꽃잎
사랑해서 생긴 연민의 그림자
그 시야를 햇볕이 가렸구나

풀 한 포기 보이지 않는 사막
가시 많은 선인장 나를 세우고
가슴으로 나를 용서했다

맥놀이

전용숙

《창조문학》 신인상 등단
맥놀이창작동인회 회원
예촌문학 동인회 회원
사랑방시낭송회 회원
시마을 회원, 한국문인협회 회원
시집 『날』 『말의 온도』

아무리 아픈 일을 봐도
녹지 않는 눈 단단하다

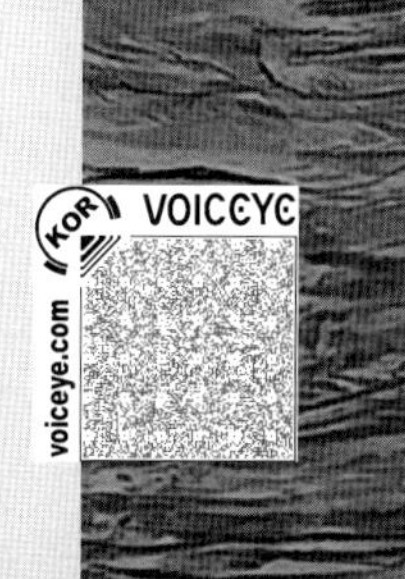

언 눈 외 9편

전 용 숙

눈이 무기가 되었다
사람을 찌르면 얼음이 된다
눈은 내리면
물이 되어야 하는데 녹기 전
언 눈 단단하다

눈이 얼었다
아무리 아픈 일을 봐도
녹지 않는 눈 단단하다

추위에 쫓겨난 어르신을 봐도
박스 실은 리어카가 굴러도
눈은 울어주지 않는다
그저 차갑게 바라보는 눈

눈이 얼었다
언 눈 단단하게 가슴 얼렸다

건조한 관계

응

왜

아니

지금 왔어

그래

내일 가

좋아

했어

잘 거야

그래

응

건조한 창밖 동백꽃 피기도 전
마르고 마르고 꽃망울 떨어진다

꽃은 이쁜데

머무는 시선 웃는다
햇살 결결이 내리는 한낮
삶을 세워
꺾임 없는 줄기 키우는 꽃

꽃은 이렇게 이쁜데
글은 제 색에 힘겹다
꽃은 이렇게 단단한데
마음 닮은 글 거칠다
지친 마음 세우는 건 힘들다

꽃보다 못한
마음 지키는 지지대
어디에 세워두고

곡비날개

곡비들 한 줄 엎드리고
또 한 줄 엎드려 길을 메운다
대신 울어 줄 일이 많은 세상
누군가를 위해 나도 울러 나왔다

대신 우는 이의 눈물 안 믿는다
눈물 없는 눈은 가짜다
소리치며 울다 울다 아픈 가슴
땀 흐르는 얼굴은 보지 않는다

어깨를 건 곡비의 팔
날개 되어 깃을 펼친다
나를 위해 울지 않지만
나를 위해 울지 않지만
아무도 믿지 않지만 나를 위한 눈물

제 설움에 옆 사람을 위해 운다

11월에게

바람에
생채기 입지 않는다면
내 몸에 묻은
바람까지 선물하지요

함빡 몰고 온
바람색에 물들지 않고
계절을 난다면
날아가도 좋다고 하지요

숨죽여
덜 마신 바람까지 뱉어줄 테니
다 가져간다면
훨훨 가라 하지요

그러기엔
나도 연습 필요하니
바람 모을 시간 달라 하지요

그다지 길지 않을 수 있으니
11월처럼
힘 있는 두 다리로 걸어가라 하지요

창틀도 건들지 말고
살살 떠날 수 있으면
가라 하지요

꽃, 시

때가 있는데
눈 돌리면 때를 잃는다
나도 잃는데
꽃이라고

개나리 핀
눈길에 앉아
운다
왜 지금
왜 지금 피느냐고

널 보내고
또 얼마나 아파하라고
그렇게 피었다
보는 이 없이 가려고

오늘도
개나리 노오란 가지 위
희끗한 머리채 얹은 겨울
제발 지나치기를
피었는 쟤들 좀 살자

꽃도 틀리고
때도 틀렸다
이노무 세상 다 틀렸다

때와 꽃이 다른
세상 다 틀렸다

때가 있는데
눈 돌리면 때를 잃는다
나도 잃는데
꽃이라고

끝점

떠밀지 않아도
그들의 자리는 늘 거기
나는 그 뒤에 서 있다

손 내밀지 않아도
서슴없이 가 그 자리에 서는
원치 않는
탯줄 끊고 나온 이들의 숙명

가자
저들이 바라는 것이
무엇이든 가서 들어 보자
손 내밀기 전
먼저 잡아 보자

보이는 등이 시린
그들의 색은 꼭 이 지점
날 닮은 걸까
내가 닮은 걸까

어느새 나도
그들의 뒤에 서있다
가자 가자
그저 중얼거리는
끝점

누가 밀지 않아도
그 자리에 서 있을 사람들
선로에 귀를 대면
그들의 소리
잘그락잘그락

성실한 무기징역

사형을 언도받지 못한 이들
일정한 보폭 소리 시간을 채운다
감시자 없는 거리를 걷고
보는 이 없는 교도소로 들어간다

언제 끝날지 모를
형벌의 날들
성실한 수인들이 사는 시대

참 착한 죄인의 365일
그리고 그만큼 주어진 날들
우리는 집행정지 없는
무기징역을 산다
성실하게 견디며 산다

사형당하지 않는 걸 감사하는 걸까
사형을 기다리는 걸까

생각을 비워낸 걸음 직직 끌린다
더딘 무기징역
오늘 하루를 더해도
또 얼마가 될지 모를 날들

햇살도 성실한 무기징역을 함께 산다

골목길

오늘도 그림자 토막 내는
휘어진 길 야위는 시간
돌아 나오는 길
입구가 되는 걸 잊는다

갔던 길 같던
길모퉁이에서 만나는 이들
조금 전 본 것 같은
매무새 춥다

돌아 나오면
다른 세상이기를
바라는 마음이야 굴뚝이지만
떨어지지 않는 졸음처럼
그저 그러려니

얼마 남지 않은 골목 끝자락
끄덕이는 햇살마저 비껴
졸음은 모든 일
긍정으로 바꾸며 끄덕인다

우리의 언어

꽃잎처럼 생기 있던
언어가 시든다
연필심 검은 자욱으로 쓰인
마음의 글자들
어느덧 받침이 안 보이고
문장 완성 안 되는
몇 글자만 남아

우리 마음이 시든다
마음 모으던 글이었는데
흐려진 글자만큼
함께 한 마음도 군데군데 헐었다
꾹꾹 눌러 써내려가던 날들은
희미한 흔적으로 남고

함께 한 언어는 소멸 중이다

맥놀이

송을미

한국방송통신대학교

국어국문학과, 중어중문학과 졸업

명지대학교 경영대학원 복지경영학 석사과정

맥놀이창작동인회 회원

순한 양타임

막내 · 1

막내 · 2

기말전야

꼬맹이들의 꿈

뒷북 카스타드

Do or die

이도 시라고 할래요

식사

57분 교통방송

오늘도 나는 말로 먹었다

짭짤한 라면 식사를

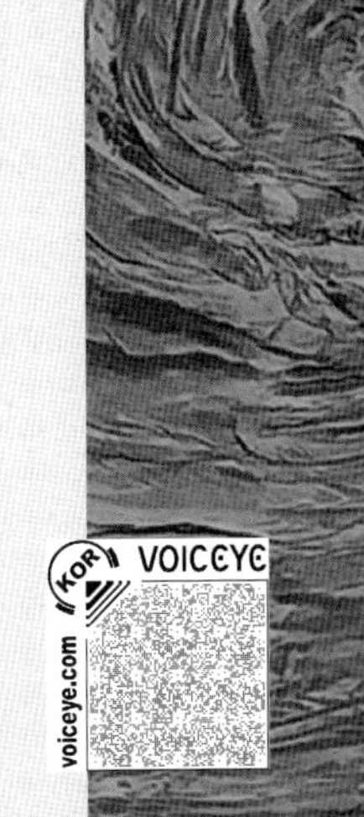

순한 양타임 외 9편

송 을 미

"엄마! 저녁, 치킨 어때"
"밥 먹을 꺼야!"
"치밥 먹으면 되겠네"
"육전 해줄게!"
"고기 이게 다야"
"기다려봐!"

채끝살육전 뚝심전 애호박전
제일 큰 접시에 가득 채우고 나니
"이렇게 많은 줄 알았으면 소주 더 사 올 건데" 투덜이 남편
"다 먹었지" 식사 끝낸 식탁보며 내 자랑
"그러네" 순한 양으로 변신한 옆지기 남편
"치밥보다 튀김옷에 기름 갇힌 육전이 더 맛나지" 자랑질
"응" 순한 양같은 막내

혹여라도 부러워할 큰아들 · 딸 생각에
그 흔한 인증샷
오늘은 생략

막내·1

어린이날 작은 장난감 로봇 선물 신나는 막내 깊은 밤 잠결에 엄마를 찾아 공부방 문 열고 여지없이 엄마 품 파고들어 목을 꼭 끌어안는다 맞닿은 막내 가슴 꽁닥꽁닥 심장 뛰는 소리

고맙다 막내 심장 소리 들려줘서

썰렁해진 방 차가워진 아이 몸 봄의 한가운데 돌리지 않은 보일러 탓 밖의 베란다 문 닫지 않아 이런…

아이를 꼭 안고 8년 전 배 속에 있었을 때랑 똑같이 머리를 쓰다듬어 주면 팔딱대던 머슴애에서 순한 한 마리 양

태중에서부터 만삭으로 힘들 때 머리 살살 쓰다듬어 주면 엄마 배도 편하곤 했었다

체온이 오른 아들 안도의 한숨 소리 들려줬다

고맙다 막내야

편히 자는 모습 보여줘서

막내·2

"엄마, 나이가 스물여섯이야?" 늘 그냥 "응!" 또래 엄마들보다 늙었다는 인식 주는 게 싫어 인심 좋게 나이 팍팍 깎았다 이상한지 자꾸자꾸 묻는다 "엄마 나이가 몇이야!" 이쯤 되면 고백해야지 "음~, 마흔여섯" "어휴~ 그렇게나 많아? 그럼 엄마 조금밖에 못 살겠네? 으앙!" 울음 터뜨렸다 엄마 늙었다고 투덜댈 거란 생각이었는데 순간 당황했다

"아니야, 엄마는 많이 살 거야~ 음~ 백 살까지 살게" 그래도 막내는 계속 울었다 "으앙, 엄마 백 살이면, 50년밖에 더 안 살아야 되는데? 그래도…" 50년도 짧은가보다 "막내가 58살이면 엄마는 96살이네, 막내도 60살이면… 할아버지 되는 나이" 그 후로 더는 엄마 나이를 묻지 않던 막내

일주일 후면 탈 미성년자
깜깜한 새벽 기말시험 공부한다면서
막내 얼굴 본다

기말전야

장어구이 상추쌈에 콜라 곁들여 살살 녹이고
집에 오자마자
드라마 딱 한편만큼 땀내며 실신한 듯 졸고 일어나
어안 벙벙한 채 트로트 돌리며
30분도 안 남긴 4학년 2학기 기말 전야

삼계탕집 문닫아 못 먹고 전복 놓친 건
3학년 때나 4학년 때나 마찬가지지만
장어구이 잔치 열었으니
내일 하루
오전 하루 공부
오후 하루 시험
이틀처럼 미친 듯 살아야지
또 하나의 졸업이 기다리고 있으니

꼬맹이들의 꿈

12년 전 꼬맹이들 블로그 대화를 찾았다

누나 누나는 뭐가 될꺼야
뭐가 되다니
직업 말이야 뭐 닥터 같은 거나 그런 거
응~ 난 롸이터 넌
난 엔지니어

깜짝 데칼코마니 제작 중
시시때때로 詩 찾아 써보는 엄마랑
DM엔지니어링 대표 아빠

사춘기 지나면서 바뀐 꿈
재미난다는 누나는 사회심리학부생
다른 것도 좋다는 동생은 스포츠건강학부생

뒷북 카스타드

–얘들아 집에 카스타드 먹지마봐바 뉴스에 회수한다고 나온 것 같아 _ 부천 일터에 있는 엄마 카톡

–어제 확인함 _ 집에 있는 작은아들 톡

–카스타드에 뭔 일 있음? _ 부산에서 직장 다니는 큰아들

–6월 20일 유효기간 빵에 식중독 있다는데 집에 카스타드 있음 _ 작은아들 답글

–우리 가게에도 있는데, 근데 우리 가게에 있는 건 유통기한이 작년 11월 꺼네 한참 지났네 ㅋㅋㅋㅋ ㅋㅋ _ 큰아들 톡

–6월 20일 소비기한 카스타드가 차라리 더 안전할 듯 _ 외출한 막내아들 톡

며칠 전 사다 먹은 카스타드는

유통기한이 언제였을까?

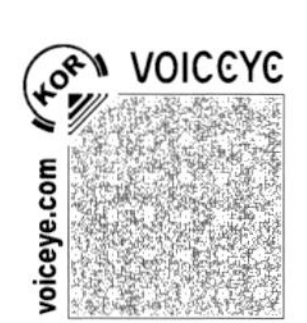

Do or die

죽으면 죽으리라
에스더 홀은 전부

삶은 어쩌면
죽기 아니면 살기
엄마 뱃속에서
나와 살아남은 게 장하다

기억엔 없어도
태어나 엄마 젖 먹고 살 수 있던 게
월남전에서 죽기 살기로 살아오셨다던 아빠
기적이었지 싶다
죽을 둥 살 둥 태어나 못내 못하던 출생신고
돌이 지나서야 하셨다는 것도

산전수전 공중전도 다 겪었는데
남편이 환갑을 지나도록
엄마 도움 없이는 못 살 것 같은
상상 못 하던 일들이 지금도 부지기수

삶은
죽기 아니면 살기가 맞지 싶다

이도 시라고 할래요

같이 공부하는 동기들만 사랑하게 될 줄 알았어요
가르치고 이끄는 선배까지만 사랑하게 될 줄 알았어요
이젠 후배들까지 사랑하게 되었어요

학자들만 사랑하게 될 줄 알았어요
만들고 꾸미는 예술가까지만 사랑하게 될 줄 알았어요
이젠 창작 · 비평하는 우리도 사랑하게 되었어요

공부하는 것만 사랑하게 될 줄 알았어요
연구하고 남기는 것만 사랑하게 될 줄 알았어요
이젠 시험을 위해 애쓰고 해낸다는 것도 사랑하게 되었어요

이쯤 되면 자만 맞죠?
튀어야 할 듯 두리번두리번…

식사

오늘 점심은 무얼 먹을까?
딸내미는 몰라

뭐 먹고 싶어?
아무거나 막내 대답에
아빠도 아무거나

이런 답 듣고 싶어 물은 건 아닌데

나두 모르겠네
아들 라면 끓일래?
알았어 둘째 아들

오늘도 나는 말로 먹었다
짭짤한 라면 식사를

食事(식사)에 食詞(식사)
오늘 밥을 먹고 글을 먹었다

57분 교통방송

240초
이 4분 다음은 늦은 시간
56분 허겁지겁 차에 몸을 싣는다
방송 들으며 운전해 갈 길 예측

48개월
4년 후 달라진 앞자리 나이
56 현재 자리는 앞으로 살아갈
갈 길 개척을 위하여

56분 승차
56세 만학의 길
57분 교통방송
마음은 이미 기말고사 시험장

맥놀이

송동현

2001년 시집 『꿈을 펼쳐!』로 작품활동 시작
맥놀이창작동인회, 사랑방시낭송회 회원
도담도담한옥도서관 시창작교실 강사
북디자이너, 도서출판 담장너머 대표
시집 『꿈을 펼쳐!』, 『사랑水』

헤아비

불멍

牛감자

둥이

집나무

고토(古土)

비는 멈출 수 없다

그날 봄날

제발

백비

생의 끝에서 말없이 잎을 틔우며

햇살에 햇살을 살아 낸다

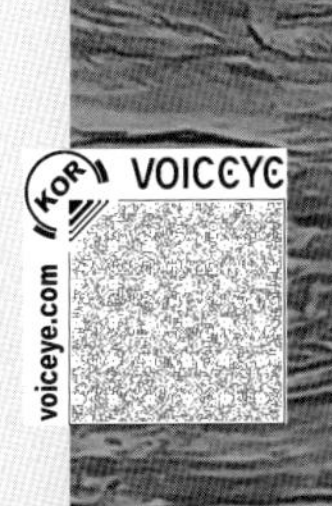

헤아비 외 9편

송 동 현

흙은 밤에도 빛을 발하고
농부는 고단에 고단을 더해 흙을 뒤집는다
발걸음으로 땅에 선을 만들고
씨앗을 넣어 숨은그림 만들기를 준비한다
달도 없는 밤 화가의 붓칠처럼 섬세하게
내일에 내일을 그려낸다

비바람 천둥 농부의 뜻을 헤아려
쨍한 햇볕 시간으로 대지에 채색을 시작한다
초록초록 똑같이 생겼다고 하지만
각자 다른 사투의 시간 이슬을 기다린다
생의 끝에서 말없이 잎을 틔우며
햇살에 햇살을 살아 낸다

불멍

다초점 흰머리
늘어난 아이들 재잘거림
재로 남으면 어떠리
곱고 하얗게

불타오르게
이야기를 더 넣는다
마지막 남은 시간까지
반복되는 오늘을

타닥타닥
온몸 태우는 그들의 소리
따뜻하다 부드럽다
같이 함께여서

牛감자

잡을 水 없다 만질 水道 없다

열기에 겁을 먹고 건들건들 건들 생각도 못 했다 노랗게 아궁이 속으로 달려드는 열기 부지깽이 글씨를 쓰며 기다리다 기다리다 타닥타닥 타오르는 솔가지들 풀냄새 풍기는 가마솥이 끓어오르면 부뚜막 고양이처럼 작대기를 잡는다 풀냄새 머금은 감자를 꺼내기 위해 등겨 냄새 고소한 바가지 눈치를 본다 큰놈을 골라 껍질을 벗기고 풀냄새 고소한 牛감자 오물거리면 저만치 소는 눈을 더 크게 뜬다 움메에~ '조금만 먹어' 엄마는 안다 아빠는 웃기만 하고 꼬맹이는 소보다 더 큰 눈만 굴린다

기억은 때로 결이 잘못 갈려 의도치 않게 더 포슬포슬한 휴지처럼 풀어질 때가 있다 오늘처럼 감자가 먹고 싶은 날이 있듯이 말로 하지 못한 말을 해야겠다

사랑해요 사랑해요

둥이

해가 뜨면 떠서 좋고 비가 오면 비라서 좋고 바람이 불면 불어서 좋고 없으면 잔잔해서 좋고

좋고 좋았는데 없어도 그만인 것처럼 살아간다고 생각했나보다 나를 모르고 떠난 그녀 둥이처럼 눈치를 보고 둥이처럼 기다렸나보다 청춘이 낙엽처럼 부서져 날려갈 때 알았다 없으면 잔잔해서 좋고 바람이 불면 불어서 좋고 비가 오면 비라서 좋고 해가 뜨면 떠서 좋고 좋고 좋았는데 없어도 그만인 것처럼 살아간다고 생각했나보다 나를 모르고 떠난 그녀 둥이처럼 눈치를 보고 둥이처럼 기다렸나보다 청춘이 먼지처럼 날려갈 때 알았다 나는 없으면 잔잔해서 좋고 바람이 불면 불어서 좋고 비가 오면 비라서 좋고 해가 뜨면 떠서 좋고 좋고 좋았는데 없어도 그만인 것처럼 살아간다고 생각했나보다 나를 모르고 떠난 그녀 둥이처럼 눈치를 보고 둥이처럼 기다렸나보다 청춘이 눈처럼 녹아갈 때 알았다 나는

없으면 잔잔해서 좋고 바람이 불면 불어서 좋고 비가 오면 비라서 좋고 해가 뜨면 떠서 좋고

집나무

찬바람 휘휘 산 너머 남쪽으로 흩어진 날 햇살 따듯한 들꽃을 바라보고 더 단단하게 굳어간다 바람골 따라 달려오는 햇살 집뒤짐하기 시작하고 고양이 눈살을 찌그릴 때 나무 주춧돌 위에 서서 어데도 가지 않는다 집돌림하던 할배 할매 만큼 나이바퀴 늘어가니 꽃자리 찾아 눈가림한다

고토(古土)

작게
매우 가늘게
젖은 꽃잎 스물
그중 하나 또 하나 떨어져

가늘고 긴 줄기에 위태롭게 올라앉아
바람에 휘둘리다 운악산 바라보는
분홍빛 구절초 여린 시선

별처럼 하얗게 모여
소곤소곤 젖어
생을 짓는
방울
꽃

비는 멈출 수 없다

비
아무것도
보이지 않는 까만 밤
알 수 없는 너무 높은 곳에서
점점 빨라지는 속도
나락을 향한
추락

悲는 멈출 수 없다

몸
얼어붙는다
차갑게 굳어 간다
꼼짝달싹 못 하게 힘겨운 겨울
바람에 날린다
하얀 눈
됐다

그날 봄날

기억에 남지 않는 날들
켜켜이 쌓여 먼지가 쌓을 때쯤
내 방 거울에 배 나온 아저씨
희끗희끗한 머리를 넘기더라
가만 생각해 보면
그날 봄날 사연 없는 날
발자국이 남지 않더라

제발

비가 오는 날에는 떠나지 마오
돌아서는 등이 젖어 더 처량하잖아요

바람 부는 가을에 떠나지 마오
파랗게 부서지는 낙엽 너무 아프잖아요

하얀 태양 앞에 서 떠나지 마오
눈물 감추려 하늘을 보면 너무 눈 시리잖아요

갑자기 내리는 하얀 눈 쌓이면 가세요
그대 발자국 녹기 전에 멍하니 보고 있게요

물멍 불멍 그대멍 하다 하다 멍하다
그대 발자국 위에 다른 자국 생길 때까지 멍하게

백비

바람이 사연 갈아냈을까
죽음을 찢어내고 눈물도 못 흘린 숨
총칼로 확인 사살을 했습니다

비가 이름 지웠을까
하얀 돌 하얗게 닦아내며 부를 수 없는 이름
어머니의 뜨거운 피가 쏟아져 내렸습니다

새기지 못한 비문, 백비
선소리꾼에게 한 자락 부탁하렵니다
총 칼 불 그들의 학살을 거슬러

다랑쉬굴, 쉿! 속솜허라이

인지생략

Over a Wall
Poetry for literary coterie
18

2024년 맥놀이창작동인회 제7집

그날 봄날 사연 없는 날

2024년 03월 15일 초판 1쇄 인쇄
2024년 03월 22일 초판 1쇄 펴냄

발행인 | 김재현
발행처 | 맥놀이창작동인회
카　페 | cafe.daum.net/Maengnori

펴낸이 | 송계원
디자인 | 송동현
제　작 | 민관홍 민수환
펴낸곳 | 도서출판 담장너머
등　록 | 2005년 1월 27일 제2-4102
주　소 | 11123 경기도 포천시 화현면 달인동로 89-1
전　화 | 031-533-7680, 010-8776-7660
팩　스 | 031-534-7681
이메일 | overawall@hanmail.net
카　페 | http://cafe.daum.net/overawal

ISBN 89-92392-67-9 03810
값 13,000원

* 파본은 본사나 구입하신 서점에서 교환해드립니다.

소리로 읽는 책
이 책에는 글을 읽을 수 없는 분들을 위한
점자 · 음성변환용코드가 양면페이지 우측 하단에 있습니다
별도의 시각장애인용 리더기 혹은 스마트폰 보이스아이 어플을 사용하여
즐거운 시 감상이 되기를 바랍니다
voiceye.com